ESSAI

DE

DÉLASSEMENTS FORESTIERS.

ESSAI

DE

DÉLASSEMENTS FORESTIERS

POÉSIES

Par M. Jules CLAUSADE,

INSPECTEUR DES FORÊTS.

SAINT-GAUDENS

IMPRIMERIE & LIBRAIRIE DE VEUVE TAJAN.

1869

CONSEILS

AUX

PETITS OISEAUX.

Quand l'aimable printemps de ses tièdes haleines
          Reverdit nos fertiles plaines
Et transforme en torrent, qui tombe et qui mugit,
La neige amoncelée aux flancs des monts superbes;
Et quand la tige tendre et fragile des herbes
          Sur ces monts à peine surgit,
          Petits oiseaux, troupe légère,
          Là-haut, là-haut, qu'allez-vous faire ?

Vous allez, dites-vous, où commencent les cieux
          Gazouiller vos concerts joyeux
Aux anges souriants, vos amis et vos frères !
Vous allez, voltigeant autour des blancs troupeaux,
Imiter par vos chants les antiques pipeaux,
          Bonheur des pâtres solitaires !
          Hélas ! Hélas ! défiez-vous
          D'un ennemi sombre et jaloux !

* L'auteur ne voudrait pas qu'on se méprit sur la portée de ce morceau:
Un jour quelques Agents, chargés du reboisement des montagnes, discu-
taient devant lui les causes probables de la non réussite des semis exécutés
dans quelques périmètres. L'un s'en prenait aux fortes chaleurs d'été, un
autre aux gelées tardives ; un troisième soutint que les graines avaient été
dévorées par les oiseaux. L'auteur protesta énergiquement et déclara au
détracteur de ces pauvres petites bêtes qu'il voulait les venger de ses in-
justes accusations.
     Le morceau, sous sa forme sérieuse, n'est donc qu'une plaisanterie à l'a-
dresse d'un excellent camarade, qui, tout le premier, a bien voulu n'y pas
voir autre chose.

Voyez là-bas, le front incliné vers la terre,
Un homme de figure austère,
Dont l'œil devient farouche à chaque pas qu'il fait.
De rage et de dépit sa lèvre devient blême.
Écoutez ! il rugit et vomit le blasphème !
Cet homme médite un forfait.
Petits oiseaux, à tire d'aile
Garez-vous de sa main cruelle.

C'est un semeur de bois, un homme dont l'orgueil
N'avait cru jamais à l'écueil.
Ce que Dieu fit, un jour, d'un seul mot, d'un seul geste,
Et qu'en se succédant les siècles ont détruit,
Il pensait le refaire avec un peu de bruit.
Mais l'orgueil toujours est funeste !
Sa rage de sang a besoin !
Fuyez oiseaux, fuyez bien loin.

Quoi ! pas un pauvre brin dans cet espace immense
Gorgé, saturé de semence,
Où je croyais trouver un tapis verdoyant !...
Qu'importe ! Du public je connais les entrailles.
Pour lui plaire, il suffit d'agiter des broussailles
Devant son œil peu clairvoyant.
Calme de trompeuse apparence !
Oiseaux, gardez-vous d'espérance.

S'il arrivait un jour, qu'un jaloux indiscret
Vint à découvrir le secret
De mon chantage adroit, de ma superbe audace,
Je dirais hardiment, en montrant les oiseaux :
Voilà les ravageurs, voilà nos grands fléaux !
Il faut en détruire la race.
Pour éviter son noir courroux
Petits oiseaux, enfuyez-vous.

Quand l'aimable printemps de ses tièdes haleines
      Reverdit nos fertiles plaines
Et transforme en torrent, qui tombe et qui mugit
La neige amoncelée aux flancs des monts superbes,
Et quand la tige tendre et fragile des herbes
      Sur ces monts à peine surgit,
      Petits oiseaux, troupe légère,
      Là-haut, là-haut, qu'allez-vous faire ?

Ah ! de grâce, évitez d'infaillibles malheurs !
      Quittez ces perfides hauteurs,
Pour nos champs où nos mains vous prodiguent la graine.
Autour du laboureur en joyeux tourbillons
Voltigez ; becquetez dans le creux des sillons.
      Le laboureur n'a pas de haine.
      Là, sans crainte de mauvais jours,
      Vous gazouillerez vos amours.

8 Décembre 1864.

A Monsieur Soubirane,

Conservateur des Forêts à Toulouse.

VICAIRE. — PARADE.

Comme aux jours où mugit l'effroyable tempète,
Nos forêts par deux fois ont incliné leur tête,
     Et les rameaux, brisés, tordus,
Le long des troncs moussus, sinistre chevelure,
Pendaient, et l'on voyait par chaque déchirure
     Des flots de larmes répandus.

Oui, les arbres pleuraient, pleuraient toute leur sève !
D'innombrables bourgeons flétris tombaient sans trève,
     Jonchant le sol de leurs débris ;
Et les fragiles fleurs s'abimaient dans la fange ;
Et des petits oiseaux l'inquiète phalange,
     Fuyait, volontaires proscrits !

Et tout dans les massifs était triste, était sombre !
Et l'âme ressentait, en rêvant à leur ombre,
     De pénibles saisissements !
Et quand le forestier passait, tête penchée,
Il sentait sous ses pas la feuille desséchée
     Craquer comme des ossements !

Pourtant, quand par deux fois s'accomplirent ces choses,
D'aussi tristes effets l'œil ne vit pas les causes ;
        Le ciel dans sa sérénité
Répandait ses rayons sur toute la nature ;
Pas un souffle des bois n'agitait la verdure ;
        Point d'éclair dans l'immensité !

Mais pour qui des forêts sombres, silencieuses,
Écoutant, recueilli, les voix mystérieuses,
        Peut en saisir l'enseignement,
Il sortit ces jours-là du fond des noirs abîmes,
Montant comme un fléau vers les plus hautes cimes,
        Un lugubre tressaillement !

II.

        De Dieu la suprème puissance,
        Qui gouverne notre univers,
        Donne aux vertus leur récompense
        Et leur châtiment aux pervers,
        En ces jours de tristesse humaine,
        Fit tomber la terrestre chaîne,
        Qui tenait ici-bas captifs
        Deux cœurs jumeaux, deux grandes âmes,
        Sources d'inextinguibles flammes
        Pour les tuteurs des verts massifs.

Mais avant de gagner la sphère,
Que Dieu réserve à ses élus,
Ces deux âmes avec mystère,
Tour-à-tour dans les bois touffus,
Vinrent, protectrices fidèles,
Agiter leurs célestes ailes
En signe de suprême adieu.
Les forêts, soudain, tressaillirent
Et les arbres en deuil fléchirent
Leur tête sous le doigt de Dieu.

Pourquoi dans la fraîche nature
Ce double deuil, cette terreur ?
Pourquoi des rameaux la verdure
Se flétrit-elle de douleur ?
D'où venaient ces âmes sublimes.
Devant qui se courbaient les cimes.
Qu'agitait un mortel frisson ?
Au sein des forêts solitaires
Écoutez des troncs séculaires
La douce et plaintive chanson :

III.

O toi, souverain Maître et Créateur des mondes,
Dont la suprême volonté
Pour le recueillement fit les forêts profondes,
Leurs ombres pour la volupté ;

Pour les nids des oiseaux l'abri de nos feuillages,
Nos fleurs pour les mouches à miel,
Nos fourrés d'arbrisseaux pour les bêtes sauvages,
Nos cimes pour toucher le ciel !...

A l'homme tu donnas la nature imparfaite,
Pour le préserver de l'ennui,
Pour qu'à chaque labeur réponde une conquête
Utile à tous, noble pour lui.

Les siècles s'écoulaient, sans qu'une intelligence
Voulut s'intéresser à nous.
De sauver nos massifs délabrés, en souffrance,
Aucun esprit n'était jaloux.

La hache, chaque jour, implacable, farouche,
Aveugle, sans chòix, ni merci,
Frappait le jeune plant sur sa féconde souche,
Avant que le temps l'eût durci.

Et nos bourgeons naissants, gracieuses aigrettes,
Par les rayons du ciel dorés,
Se voyaient tout-à-coup par d'innombrables bêtes
Foulés aux pieds ou dévorés.

Aussi sur nos destins justement attendrie,
Un jour, une puissante voix
Avait, en frissonnant, prédit que la patrie
Mourrait bientôt faute de bois.

Nos rameaux languissants, nos tiges mutilées
      Tristement subissaient leur sort ;
Et des petits oiseaux les notes désolées,
      Hélas ! n'étaient qu'un chant de mort !

Lorsque de nos massifs, menacés de ruine,
      Voulant conjurer les malheurs,
Tu suscitas, grand Dieu ! dans ta bonté divine,
      Deux hommes rares, deux sauveurs.

Apres aux grands labeurs, et pleins de confiance,
      Ils saisirent d'un seul regard
Les maux de ces massifs, que, faute de science,
      On attribuait au hasard.

Et soudain les forêts, à leur âme si chères,
      Dressèrent leurs rameaux flétris,
Et leur puissante main fit sécher les ulcères
      Et revivre les troncs meurtris.

Et les aïeux caducs, avant de disparaître,
      Par l'acier réduits en tronçons,
Sur un sol riche en sève autour d'eux virent naître
      Leurs innombrables rejetons.

Et tout devint joyeux sous l'épaisse verdure ;
      L'oiseau retrouva ses chansons,
Le gazon sa fraîcheur, la source son murmure,
      Le feuillage ses doux frissons.

Et quand toutes nos voix acclamaient tes louanges,
Quand les feuilles de nos rameaux
Se perdaient dans l'azur, pour ombrager tes anges
Sous leurs frais et tendres berceaux,

Pourquoi dans tes décrets, insondable mystère,
De l'espoir éternel écueil,
Seigneur, ta main, s'armant d'une immense colère,
Nous a-t-elle versé le deuil ?

Pourquoi sitôt, mon Dieu, nous ravir ces deux âmes,
Ces cœurs sacrés, ces fronts pensifs,
Tous deux marqués du sceau de tes divines flammes,
Sauveurs bénis de nos massifs ?...

IV.

Comme un flot, qui bruit en roulant sur le sable,
Ainsi, sous le dôme des bois,
On entendit longtemps résonner lamentable
Une mystérieuse voix.

V.

Riches forêts, cessez vos plaintes !
Ces deux hommes ont de leurs pas
Laissé de puissantes empreintes,
Que le temps n'effacera pas.
Si Dieu, jaloux de leur dépouille,
N'a point voulu qu'elle se souille
En vivant encor parmi nous,
Du haut des sphères éternelles
Leurs âmes chastes, immortelles,
Veilleront sans cesse sur vous.

Dans un livre simple et solide,
Qui ne compte pas de rivaux,
Coulant, harmonieux, limpide
Comme le cristal des ruisseaux,
L'un a fixé d'une main sûre,
Afin d'activer la nature,
De nombreux et savants arrêts ;
Science facile et profonde,
Qui fait germer et qui féconde
Les entrailles de nos forêts.

Joignant ensuite la parole
Aux lois que son livre traçait,

Il se fit Maître et fut l'idole
Des jeunes cœurs qu'il instruisait.
Et sans cesse cette belle âme
Versait les rayons de sa flamme
A de vaillantes légions,
Qui, d'impatience embrasées,
Étaient par l'autre dispersées
Dans les sylvestres régions.

Et celui-ci, dont la tendresse
De veiller ne se lassait pas,
Avec amour, mais sans faiblesse,
Dans les massifs guidait leurs pas.
Père, plein de sollicitude,
Son nom seul à la solitude
Donnait un charme souverain.
Pour lui de ses belles années
L'agent y passait les journées,
La joie au cœur, le front serein.

Quand par le temps, ce juge austère,
Des siens le succès s'affirma,
Dans son âme, immense cratère,
Un vaste rêve se forma.
Par une éclatante victoire
Il voulut couronner de gloire
Ses cohortes. Son œil profond
Des monts, gigantesques murailles,
Sondant les terribles entrailles,
Il dit au granit : sois fécond !

Allons ! pionniers intrépides,
Jeunes aigles audacieux,
Aux pics aigus, crêtes arides,
Fixez vos aires, près des cieux.
Que votre habile main dispense
Aux rocs dénudés la semence,
Qui les fera verdir un jour !
Et pour les sauver des alarmes,
Aux étoiles volez leurs larmes,
Au soleil ses rayons d'amour !

Déjà sous la douce rosée
S'étalait un charmant gazon,
Et la nature reposée
Du réveil sentait le frisson ;
Et dans les lieux les plus sauvages
Les pins cachaient sous leurs ombrages
Les horreurs des gouffres béants !...
Et la France reconnaissante,
De sa voix émue et puissante,
Déjà proclamait les géants !...

Quand, soudain, d'épaisses ténèbres
Couvrirent chaque travailleur,
Et l'air porta des glas funèbres
Signe certain de grands malheurs !
Dieu, jaloux des gloires mortelles,
Avait aux voûtes éternelles
Rappelé ces deux grands élus,
Pour mettre à leur front la couronne

2

Que sa main divine ne donne
Jamais qu'aux sublimes vertus !...

Mais du sein des célestes flammes,
Qui rendent vos fronts radieux,
Vous laisserez errer vos âmes
Dans nos massifs silencieux.
Aux rayons de votre lumière,
Avec foi de notre carrière
Nous suivrons les rudes sentiers,
Et les noms Parade et Vicaire
Auront toujours pour sanctuaire
Les cœurs de nous tous forestiers !

5 Février 1865.

LE VILLAGE

QUE JE PRÉFÈRE.

On a pensé devoir introduire ce morceau dans le recueil, parce qu'il y est parlé de la chasse aux pantières pour les palombes, ramiers et tourterelles, et que la chasse rentre aussi dans les attributions de l'administration forestière.

I.

Sur un plateau que la nature
A doté de riches moissons
Et d'une riante verdure,
S'élèvent de blanches maisons,
Nids charmants qui n'ont pour parure
Que des guirlandes de fruitiers,
Les uns taillés en espaliers,
Les autres étalant sans gêne
Leurs puissants rameaux sur la plaine,
Brillants de fleurs, chargés de fruits.
Là jamais on n'entend les bruits
Qui tourmentent l'espèce humaine.

En revanche, sous le gazon
Du ruisseau l'onde fugitive,
En passant, jette sa chanson,
Sa chanson joyeuse ou plaintive.
Dans le verger, dans le buisson,
Les rouges-gorges, les fauvettes,
Pour qui tous les jours sont des fêtes
Sur ce plateau délicieux,
Prètent leur concours gracieux,
Babil d'une ivresse infinie,
Au roi de l'agreste harmonie,
Dont les chants montent jusqu'aux cieux.

Un lac, dont jamais la tempête
N'a soulevé les flots plaintifs,
Dans son cristal poli reflète
Des monts voisins les verts massifs.
Sur ses rives la paquerette
Étale ses vives couleurs,
Ses calices riches des pleurs,
Versés la nuit par chaque étoile.
Or, je veux, déchirant le voile.
Qu'un enfant soulève pour moi,
Répéter ce qu'avec effroi
Sa voix naïve me dévoile.

II.

Au temps où le bon Dieu se plaisait à venir
Sous forme de vieillard, courbé, brisé par l'âge,
Pour châtier le méchant et bénir
L'homme toujours demeuré juste et sage,
Sous un ciel gris, cuivré, lugubre, menaçant,
A la place du lac, qu'aujourd'hui rien n'encombre,
A travers mille rocs le regard frémissant
Découvrait un village sombre.

Point de blé dans les champs, pas de tendre gazon,
Nulle fleur !... Mais partout une teinte verdâtre !
Terre moisie, infecte exhalaison,

Ruisseaux impurs, remplis d'une eau saumâtre !
Des reptiles hideux, s'agitant dans ces eaux,
D'affreux rugissements venant de la montagne,
Des cris stridents, poussés par d'horribles oiseaux,
    Jetant l'effroi dans la campagne !

Ce village maudit avait pour habitants
Des colosses, doués d'une rare énergie,
    Jaloux, haineux, farouches, malfaisants,
    Vivant plongés dans une immonde orgie,
Recherchant à prix d'or les plaisirs sensuels,
Ayant pour Dieu leur ventre et pour autel la table,
Riant des pleurs d'autrui, pour le pauvre cruels,
    Race infâme, abjecte, exécrable !

Lorsque le mendiant, hâve, déguenillé,
Courbé sur son bâton par une faim brûlante,
    Venait frapper au portail verrouillé,
    Et, priant Dieu, tendait sa main tremblante,
Une voix avinée à son humble oraison
Répondait au dedans par des cris de colère.
Le pauvre allait en vain de maison en maison,
    Traînant sa piteuse misère.

Un jour, à l'horizon, l'éclair éblouissant
Répandait dans les cieux ses flammes redoutables.
    Le vent passait rapide, en mugissant,
    Et réveillait les échos lamentables.
De la nue en courroux la formidable voix
Vint bientôt ébranler la terre stupéfaite.
Mais pour l'orgie en train tous ces bruits à la fois
    Étaient de joyeux chants de fête !

Jouet de l'ouragan, un malheureux vieillard,
A peine recouvert d'un vêtement sordide,
  Tremblant, fièvreux, cherchait d'un œil hagard
  Un humble abri pour sa tête livide.
Mais il priait en vain. Ses cris de désespoir
Augmentaient les excès de l'orgie en délire.
Avec sa bave impure, horreur ! chaque manoir
  Lui crachait l'injure et le rire.

Le vieillard indigné se redresse soudain.
Alors on entendit un craquement immense.
  Obéissant au geste de sa main,
  Les éléments furieux, en démence,
Allaient bouleversant, ne laissant rien debout ;
Et la terre ébranlée entr'ouvrit ses entrailles,
Et du village impur le gouffre engloutit tout,
  Les habitants et les murailles.

On entendit monter les derniers hurlements
De l'orgie exhalant son impuissante rage.
  Le Ciel vengé, sitôt les éléments
  Victorieux cessèrent leur ravage.
Le Ciel, se dépouillant, laissa voir son azur,
Le soleil radieux prodigua sa lumière,
La nature, cessant d'être un cloaque impur,
  Vêtit sa robe printanière.

Les oiseaux dans les airs répandaient leurs accords.
Dans le gouffre béant une eau fraîche et limpide
  Montait, montait, l'emplissant jusqu'aux bords,
  Et, s'épandant sur un terrain aride,
Lui déversait la vie et la fécondité.

On vit naître aussitôt les moissons, les prairies ;
Et le lac, au gazon, donnant l'humidité,
     Eût bientôt ses rives fleuries.

Sur un coteau voisin le vieillard radieux
Apparut entouré d'une flamme éclatante,
     Dont les rayons éblouissaient les yeux.
     Vers le plateau tendant sa main puissante,
Il bénit les moissons ; puis conduit par le chœur
Des anges, il monta vers la voûte suprême.
Le vieillard mendiant, le terrible vengeur,
     N'était autre que Dieu lui-même.

III.

    Mais de ces temps mystérieux
    Cessons de rappeler l'histoire.
    Au lieu de parler de mémoire,
    Disons ce qui frappe nos yeux.

    Le long du coteau légendaire,
    Sur lequel Dieu parut un jour.
    Un peuple naïf, à son tour,
    A tracé l'aride calvaire.

    Sur le sentier, rude à gravir,
    Plusieurs niches simples et rondes
    Redisent les douleurs profondes.
    Qu'éprouva le divin martyr.

Couverts de leur humble coupole,
Aux regards quatorze tableaux
Montrent le Christ et ses bourreaux,
Le Christ saignant sous l'auréole.

Pour plaire au goût des habitants,
Un jour un peintre de passage
Vint faire à chaque personnage
Des habits riches, éclatants,

De carmin, d'azur et de jaune.
On en sourit bien quelquefois ;
Mais à ces naïfs villageois
Dieu, qui sonde les cœurs, pardonne.

Il leur pardonne d'autant mieux,
Que ces couleurs simples et vives
Parlent à leurs âmes craintives
Bien plus encore qu'à leurs yeux.

Sur le sommet de la colline,
A la place des bois sanglants,
Qui rendent les cœurs tout tremblants,
Et près desquels chacun s'incline,

Au sein du feuillage et des fleurs,
L'œil découvre un dôme modeste,
Asile aimé, rayon céleste,
Qui console et sèche les pleurs.

A la Vierge, reine des anges,
Cet humble asile est consacré.
Le peuple, d'amour pénétré,
S'y rend pour chanter ses louanges.

Et la madone, qui sourit
Dans ce modeste sanctuaire,
Jamais ne se montra sévère
Pour le simple ou pauvre d'esprit.

IV.

Mais le Ciel devient gris, le soleil triste et pâle !
Les feuilles des massifs, à la moindre raffale,
    Tombent et craquent sous les pas.
L'air est âpre au dehors, et l'on voit dans l'espace,
Un innombrable essaim d'oiseaux, qui vole et passe
    Pour gagner les tièdes climats.

C'est l'automne, saison et de joie et d'alarmes !
Malheur à toi, gibier ! Allons ! chasseur, aux armes !
    Charge le terrible mousquet ;
De perfides lacets encombre les semailles,
De tes filets soyeux étends les vertes mailles
    Près du ruisseau, dans le bosquet.

Guerre, mais guerre à mort, sans merci, sans relâche !
L'ennemi, qui t'échappe, à ton renom fait tache !
      Quand dans les champs ou dans les bois
Un lièvre qui surgit, une pauvre fauvette
Des pièges ou du plomb a su garer sa tête,
      On rit du chasseur aux abois !

Il faut que chaque jour te donne une victoire !
Il faut, sache-le bien, pour assurer ta gloire,
      Que pas un tendre chant d'oiseau
Ne vienne désormais, dans la plaine jaunie,
Mêler de ses concerts la suave harmonie
      Au doux murmure du ruisseau.

L'aube naît ! et du sein de l'oasis charmante,
Qu'en ces vers mal cousus, moi poète, je chante,
      S'échappent des éclats joyeux,
Voix mâles, rires frais, petits cris, grand vacarme,
Désordre dans les rangs, tumulte plein de charme
      Et pour l'oreille et pour les yeux.

Puis, de l'étroit sentier, qui sur le mont serpente,
En se développant la troupe suit la pente,
      Ruban aux multiples couleurs.
Un grand bâton ferré dans le poing de chaque homme,
De ravissants minois sur des bêtes de somme,
      Des mains blanches, pleines de fleurs !

La caravane monte, et bientôt le silence
N'est plus interrompu, de distance en distance,
      Que par de légers cris d'effroi :
Cette bête toujours va droit au précipice !
Celle-là ne veut pas marcher, c'est un supplice !
      Je vais tomber, secourez-moi !

Ces charmantes frayeurs amusent et font rire,
Bientôt le sein ému se dilate et respire.
       Plus de gouffre, plus de péril!
De la montagne ardue on a gagné le faîte;
Chaque dame descend lestement de sa bête
       Et recommence son babil.

Que va chercher là-haut cette troupe joyeuse?
Veut-elle contempler l'aurore radieuse,
       Percer de son regard surpris
Les espaces sans fin, la céleste coupole,
Ouïr de l'Éternel la suprême parole
       Et voir les anges attendris?

Non, le Ciel, en ce jour, n'est pas dans sa pensée;
Non, elle ne s'est pas sur les monts élancée,
       Pour fléchir un genou tremblant;
Non, son esprit distrait n'est pas aux grandes choses.
Elle vient seulement pour répandre des roses
       Sur un sacrifice sanglant!...

Voyez, entre les troncs des hêtres séculaires,
Que le Ciel a donnés pour abris tutélaires
       Aux nids des innocents oiseaux,
Sous les rameaux pourvus encor de leur feuillage,
Ces grands filets, tissés par un main sauvage,
       Cacher leur perfides réseaux!

Silence! à l'horizon, sur une faible tache,
De l'oiseleur au guet l'ardent regard s'attache;
       Son front s'épanouit soudain;
Son sourire promet une ineffable joie;
Dans l'ombre faite au ciel il distingue une proie
       Pour son insatiable faim!

Les secondes alors vous semblent éternelles !
Allons ! voici déjà le frôlement des ailes !
      Votre œil peut compter les sujets.
La raquette, en sifflant, dans l'espace s'élance,
Et la troupe tremblante, éperdue, en démence,
      Vient s'abattre sous les filets.

Hommes, criez bravo ! vous, femmes ravissantes,
Montrez le côté noir de vos cœurs ! et, bacchantes,
      Emplissez l'air de vos chansons !
Repaissez vos beaux yeux de grasses hécatombes !
De vos petites mains immolez les colombes,
      Tachez de sang vos doigts mignons !

Mais le soleil s'enfuit rapide... Grand dommage !
Les doigts étaient si bien façonnés au carnage !
      On jouissait à regarder
Les ramiers palpitants sous la mortelle étreinte !
Pourquoi jusqu'à la nuit ne pouvoir pas, sans crainte,
      Sur la montagne s'attarder ?

C'est un jour solennel, gravé dans la mémoire !
Des centaines d'oiseaux immolés, quelle gloire !...
      Je vous attends au lendemain !
Le remords... Par bonheur, une simple caresse
Vous fera pardonner vos actes de tigresse,
      Ce sang versé par votre main.

V.

Nous voici rentrés au village.
Alerte ! tous les cordons bleus !
Jetez au vent de leur plumage
Les flocons brillants et soyeux.
Vite, que le fagot pétille,
Qu'une flamme ardente scintille
Dans le foyer, sur les fourneaux !
Pour cette fête sans rivale
Que du festin la vaste salle
S'éclaire de mille flambeaux !

Allons, Mesdames, à vos places !
Voici le gibier tout fumant.
Approchez, et, quoique bien lasses,
De vous vanter c'est le moment !
Racontez, bonnes créatures,
Racontez tout haut les tortures,
Que vous donnâtes sans remords
A vos innocentes victimes !
Les hauts-faits ne sont pas des crimes,
On n'a rien à craindre des morts !

Mais devant vous quand on étale
Ce gibier si bien rissolé.
D'où vient que votre front est pâle,
Que votre regard désolé
Se détourne avec une larme,
Et qu'au lieu d'un charmant vacarme,
Vos lèvres n'ont que des soupirs !
Vous aviez faim, et comment croire
Que même de manger et boire
Vous refusiez les doux plaisirs ?

C'est que du soir le froid et l'ombre,
Anges pour un moment déchus !
Ont mis fin à l'ivresse sombre,
Qui vous rendait les doigts crochus,
Et, prêtresses des funérailles,
Vous faisait ouvrir les entrailles
De ces pauvres oiseaux captifs.
Rayons de l'air, charmantes bêtes,
Dont vos doigts écrasaient les têtes,
Pour étouffer leurs cris plaintifs !

Maintenant, ces scènes farouches
Paraissant devant la raison,
Font blémir vos petites bouches,
A vos cœurs donnent le frisson
Et du festin glacent la joie.
Mais écoutez ! le chien aboie !
Quelqu'un frappe au portail d'airain.
Si c'était un homme en détresse !
Allons ! vite, que l'on s'empresse
D'ouvrir et d'apaiser sa faim.

C'est un voyageur, dont la mine
N'est pas exempte de beauté.
Près de vous son front s'illumine,
Il vous rapporte la gaieté,
Qu'on lui donne une place à table !
Qu'avec un zèle charitable
Chacune le serve à son tour !
Déjà, même les plus craintives,
Vont à lui, quand des voix plaintives
Soudain s'élèvent dans la cour !

Cette fois, c'est bien la misère,
Qui demande un morceau de pain !
Un vieillard caduc, pauvre père !
Et six enfants mourant de faim !
O ciel ! quelle bonne fortune !
Toutes se lèvent, et chacune
D'accourir vers les mendiants.
On calme leur faim dévorante.
Puis, vers le ciel la troupe errante,
Levant ses regards suppliants :

O toi, dont la volonté sainte
Nous fit naître dans le malheur !
Toi qui reçois toujours la plainte
Du pauvre embrasé de ferveur !
Exauce la prière ardente,
Que, d'une voix reconnaissante,
T'adressent nos cœurs réunis !
De ta main puissante et féconde
Que ces dames, dans ce bas monde,
Voient leurs petits enfants bénis !

Ils ont dit... Soudain une larme
Brille dans vos yeux attendris,
Larme ineffable, dont le charme
Gagne vos cœurs et vos esprits.
Combien cette hécatombe infâme,
Fantôme effrayant pour votre âme,
Vous paraît être un acte humain !
Ces oiseaux, que vous immolâtes
De vos mains blanches, délicates,
Du pauvre ont assouvi la faim !

VI.

De ce séjour aimé, de ce charmant village,
    Où l'eau chante sous le gazon,
L'insecte dans la fleur, l'oiseau dans le feuillage,
    Vous voulez connaître le nom ?

Mais laissez-moi vous dire, avant tout, que moi-même
    J'y reçus l'hospitalité,
Une hospitalité simple, comme je l'aime,
    Franche, sans prodigalité !

La maison où j'entrai, fraîche, blanche, coquette,
    Ne quitte plus mon souvenir.
Je ne désire pas d'autre abri pour ma tête ;
    C'est là que je voudrais finir !

Les moissons et les fleurs, ravissante ceinture,
      S'étalent le long de ses murs.
L'air m'y semble meilleur, plus douce la nature,
      J'y trouve les parfums plus purs.

A cent pas du village, au soleil elle étale
      Les rouges tuiles de son toit.
Plus loin une seule autre, impuissante rivale,
      Sombre et muette s'aperçoit.

Combien je m'y sentais heureux ! comme mon âme
      S'y laissait bercer par le flot
De ces rêves dorés, éblouissante flamme,
      Qui naît pour mourir aussitôt !

Je n'oublirai jamais l'enivrante journée,
      Due aux hôtes de ce séjour,
Hôtes charmants, vers qui mon âme s'est tournée
      Souriante et pleine d'amour.

Mais de savoir le nom de ce lieu de plaisance
      Je me souviens qu'il vous tardait ?
Excusez cet oubli de la reconnaissance ;
      Il se nomme... Saint-Pé-Dardet.

              11 *Juin* 1867.

I.

Allons debout ! déjà l'aurore
Fait respendir l'azur des cieux,
Et l'horizon, qui se colore,
Nous promet un jour radieux !
La nuit a déchiré ses voiles
Et les vapeurs vers les étoiles
Remontent en légers flocons.
Les fauves rentrent aux abimes,
Les tétras, perchés dans les cimes,
Embouchent leurs aigres clairons.

Debout ! debout ! car voici l'heure,
Où, l'arme au bras, le sac au dos,
Tes fiers soldats de ta demeure
Troublent, par ordre, le repos.
Il faut, avant qu'il ne s'achève,
Savoir renoncer à ce rêve,
Dont l'amour caresse tes sens ;
Il faut, avec ardeur et zèle,
Marcher où le devoir t'appelle,
O Général de vingt-cinq ans !

Boucle avec soin tes jaunes guêtres,
Afin de rendre ton pied sûr ;
Vers ce mont, couronné de hêtres,
Qui vont se perdre dans l'azur,
A la tête de ta cohorte,
Qu'un souffle généreux emporte,
Tu dois t'élancer avec feu.
Pour tes compagnons, pour toi-même,
Gravir cette pente suprême,
C'est à la fois plaisir et jeu.

C'est un noble champ de bataille,
Où jamais les sombres canons
N'ont vomi boulets ni mitraille
Et donné de mortels frissons.
Arène charmante et paisible,
L'ennemi debout et visible
N'y menace pas tes soldats.
Jamais il n'accuse ou n'offense,
Et quoiqu'il tombe sans défense,
Ce sont de glorieux combats !

Ton ennemi, c'est la nature,
C'est le sol ingrat ou fécond,
Trop de rameaux, trop de verdure,
Un lit trop sec, trop peu profond,
Où l'humble brin, à sa naissance,
Se trouve frappé d'impuissance
Et meurt sans avoir pris l'essor ;
Le parasite armé d'épines,
Qui toujours met dans ses rapines
Les meilleurs sucs, les rayons d'or.

En avant donc, troupe intrépide
Gaiement venue en ce haut lieu,
L'âme en feu, frémissante, avide
De compléter l'œuvre de Dieu.
Au sol rebelle, ingrat, stérile,
Sachez ménager l'ombre utile,
Un lit de feuilles, la fraîcheur.
Mais, où la nature prodigue
Aux ronces n'offre pas de digue,
Agitez l'acier du faucheur.

Ces arbres au front sans verdure,
Sur qui trois siècles ont passé,
Sous leur sombre et forte ramure
D'un jeune massif entassé,
Qui plein de sève, au ciel aspire
Et que le ciel lui-même attire,
Étouffent le bouillant transport.
Soldats ! apportez-lui vos forces !
Frappez ces antiques écorces,
Marquez-les du signe de mort !

Ici-bas la matière inerte
Seule a droit à l'Éternité.
L'être fécond passe et déserte
Ce globe sombre et limité,
Impuissant à nourrir sans cesse
Et les aïeux et la jeunesse,
Trop nombreux bientôt pour son sein.
Il faut donc que l'aïeul s'efface,
Pour que les petits à sa place
Ne viennent pas au jour en vain.

Quand l'homme descend dans la tombe,
Aux cieux son âme prend l'essor.
Ainsi, quand le vieil arbre tombe,
Son invisible essence encor
Suit la dépouille en nos demeures
Et charme bien souvent nos heures
Par ses bruissements légers,
Voix célestes, harmonieuses,
Chansons d'amour, mystérieuses,
Pendant l'hiver, dans nos foyers.

Mais du torrent l'onde écumeuse,
Tout à coup, arrête vos pas.
Une nappe verte et moelleuse
Vous convie au frugal repas.
Halte ! c'est l'heure où la nature
Suspend jusqu'au moindre murmure
Sous les chauds rayons du soleil ;
Et seul le torrent, qui résonne,
Berce de son bruit monotone
Des éléments le doux sommeil.

Dormez aussi sous l'ombre épaisse
De ce massif hospitalier,
Afin de rendre la souplesse
A vos jarrets trempés d'acier.
Une fois la tâche accomplie,
Votre chef, dont l'âme est remplie
D'une noble et mâle fierté,
Avant que la nuit ne vous gagne,
Entonnera sur la montagne
Le beau chant de la liberté.

II.

Sur ces monts aux superbes crêtes,
Piédestal imposant des cieux,
Les isards placent leurs retraites,
L'aigle son aire audacieux.
Et nous, amis de la nature,
Avec amour et vérité
Osons chanter sous la verdure
La montagne et sa liberté,

Là-bas, en vain l'homme s'agite
Dans de vertigineux transports.
Les plaisirs mondains passent vite,
Étouffés par l'âpre remords.
Pour nous ici les douces flammes,
Élans de chaste volupté
Qu'allument seules dans les âmes
La montagne et sa liberté.

Que nous importent les richesses,
A nous, qui n'avons que mépris
Pour ces boudoirs ou les caresses
De l'or qu'on donne sont le prix?

Mieux valent aux fronts sans souillure
La fraîche brise et la clarté,
Que dispensent avec usure
La montagne et sa liberté.

Pour cacher son vil égoïsme,
Sa haine sourde et ses forfaits,
Chaque jour d'un bouillant civisme
L'audace humaine prend les traits.
Ici dédaigneux de la terre,
Exemps de toute vanité,
Nous adorons sans nul mystère
La montagne et sa liberté.

Pour nous la chute ou la victoire
De l'homme à l'homme disputant
Un lambeau de terrestre gloire,
Qui ne doit durer qu'un instant,
N'est qu'un pitoyable mirage,
Que fuit notre cœur indompté,
Préférant à cet esclavage
La montagne et sa liberté.

Souffle du ciel, rayons solaires,
Espace, parfums bienfaisants,
Ombre des hêtres séculaires,
Calme de l'esprit et des sens,
Chants d'amour divin, qui résonnent
Sans cesse dans l'immensité,
Tels sont les trésors que nous donnent
La montagne et sa liberté.

Par le devoir puisque nous sommes,
Amis, sur ces monts pleints d'attraits,
Chargés de dispenser aux hommes
Les richesses de nos forêts,
Voisins de Dieu, qui nous écoute,
Jusqu'au jour de l'Eternité
Chantons sous la céleste voûte
La montagne et sa liberté.

III.

Déjà dans les vapeurs, que l'océan exhale,
Le soleil qui nous fuit, plonge son disque pâle ;
   Déjà sur le vallon lointain
L'austère nuit répand son linceul froid et sombre.
Il faut sur ces hauteurs ne pas attendre l'ombre,
   Et rentrer au cloaque humain.

Loin des sentiers battus, des routes charretières,
Tracez un sillon droit à travers les clairières,
   Penchés sur le rude bourdon.
Tout poste dominant par la sueur s'achète.
On suit mille détours pour arriver au faîte ;
   Pour descendre il ne faut qu'un bond.

Mais, en vous éloignant, troupe intrépide et leste,
De la voûte d'azur, où le souffle céleste
   Faisait vibrer vos cœurs de fer,

Vos voix diront encore à nos mornes campagnes
La sainte liberté de ces hautes montagnes,
      La douce liberté de l'air.

Et puis, bouillants soldats, au sein de vos demeures,
Pour passer sans ennui du soir les longues heures,
      A vos femmes, à vos enfants,
Vous direz sans orgueil vos actes de vaillance,
Les heureux résultats de votre surveillance,
      Et la stupeur des délinquants.

Toi, commandant, trop jeune encor pour la famille,
Dépouille lestement l'uniforme qui brille,
      Et redeviens simple bourgeois,
Pour aller, à ton tour, raconter aux intimes
Combien ton Lefaucheux fit là-haut de victimes
      Parmi les coqs et les chamois.

Mais au sein des bravos, si doux à tes oreilles,
Que vont te mériter tes hauts faits, tes merveilles,
      Jeune homme, ne t'attarde pas !
Là-bas, près d'un volet, dans l'ombre et le silence,
Un cœur, tout frémissant d'amoureuse espérance,
      Écoute le bruit de tes pas.

Pars où ton propre cœur avec force t'entraîne ;
Va, dans un chaud baiser, mêler à son haleine
      Ce souffle que tu pris aux cieux.
Et, le front rayonnant de sa douce caresse,
Demain tu reviendras, gaspillant ta jeunesse,
      Sur les hauteurs, frais et joyeux.

12 Octobre 1867

À Monsieur Outemps du Gric,

Conservateur des Forêts à Bordeaux.

UN VIEUX SAPIN

SOUVENIR DES EAUX-CHAUDES (1857).

I.

Géant de nos forêts, dont la tête chenue
Ne peut plus aspirer la sève qui nourrit,
Qui, pour rester debout, vas cacher dans la nue,
Et baigner dans ses pleurs, ton front qui se flétrit !

Toi, dont les bras noueux, la puissante ramure
Aux rayons, qui voudraient caresser le gazon,
Opposent chaque jour une invincible armure,
Et répandent leur ombre, au loin, dans le vallon !

Toi, qui voudrais du Ciel encore épuiser l'urne,
Quand la terre est réduite à la stérilité,
Quand ta sauvage faim dévore, ô vieux Saturne,
Les innombrables fruits de ta fécondité !

Dieu ne t'a pas créé pour la vie éternelle !
La suprème sagesse a voulu qu'ici bas
De l'Être qui produit la dépouille mortelle
A l'essor des petits ne s'interpose pas.

L'heure a sonné, colosse aux rugueuses écailles,
Où de nos bûcherons le formidable acier
Va, sifflant de fureur, déchirer tes entrailles
Et briser sur le sol ton orgueilleux cimier.

Et quand le flanc du mont, qui soutient ta vieillesse,
Ébranlé par l'affreux craquement de tes os,
De son sein de granit, que ton cadavre oppresse,
Aura transmis la plainte aux lugubres échos,

Comme un troupeau de loups sur la grasse victime,
Autour de toi penchés, les ardents bûcherons
Détacheront tes bras, ton écorce et ta cime,
Et réduiront ton corps en de nombreux tronçons.

Et, toi qui vis passer, sans frémir, tant d'orages,
Tu t'en iras obscur, méconnu, mutilé,
Aviver le foyer des plus humbles ménages,
Ou servir de soutien pour un toit écroulé.

Il est dur, cependant, quand des siècles sans nombre
Ont passé sur un front, sans pouvoir le ternir,
De s'abîmer ainsi et de rentrer dans l'ombre,
Sans répandre à l'entour l'éclat du souvenir !

Vieux monarque déchu, quand les sombres sicaires
Vont démolir ton socle auguste sans regret,
Daigne me révéler quelques-uns des mystères,
Dont ton feuillage fut le confident discret.

Je veux qu'a ton trépas survive ta mémoire,
Des monts pyrénéens ô dernier des Titans !
Et je voudrais savoir buriner ton histoire,
Pour qu'on parlât de toi pendant plus de mille ans.

A ces mots, un frisson passa dans son feuillage,
Par goût et par devoir vivant au sein des bois,
Des arbres je connais le mystique langage
Et je vais répéter ce que me dit sa voix,

II.

Au mois, où la coquette Flore
De ses yeux chasse le sommeil,
Un jour, je me sentis éclore
Sous un doux rayon de soleil.
Pour soutenir et pour défendre
Ma tigelle, qui s'élançait,
Un grand bouquet de mousse tendre
Autour de moi s'entrelaçait.

Du torrent, dont l'onde s'épanche
Là-bas, dans le profond ravin,
Une naïade jeune et blanche,
Se dérobant chaque matin,

Venait, sans le moindre murmure,
Des faunes redoutant l'affront,
Secouer de sa chevelure
Les perles fraîches sur mon front.

Ainsi je grandissais. Ma tête
Bientôt de mon tendre berceau
Dépassant la plus haute aigrette,
Je devins petit arbrisseau.
Et je sentis, premier vertige,
L'essaim des légers papillons
Se grouper autour de ma tige
Dans de gracieux tourbillons.

Chaque heure apportait sa surprise,
Un long et chaud baiser du ciel,
Une caresse de la brise,
Un parfum, un rayon de miel.
De la tempête déchaînée
Je bravais le souffle strident,
Et je croyais ma destinée
A l'abri de tout accident.

Mais, un jour, une sombre bête,
Qui semblait venir de l'enfer
Avec des cornes sur la tête,
Ouvrait sur moi sa dent de fer,
Quand la naïade, sans paraître
Avoir deviné mon frisson,
Entre la bête et moi fit naître
De ronces un épais buisson.

Puis, souriante, sous ses voiles,
Formés de l'écume des flots,
Son doigt me montrait les étoiles
Et sa lèvre me dit ces mots :
Jeune arbrisseau, sur ta faiblesse
Je veille en ces sauvages lieux,
Et, confiant dans ma tendresse,
Grandis et monte jusqu'aux cieux.

III.

Comme la lave des cratères,
Sitôt dans mes jeunes artères
Bouillonna le flot généreux
D'une sève riche et brûlante,
Qui de ma tige vacillante
Fit un arbre aux rameaux ombreux.

Sous les rayons du ciel, sous ses fraîches ondées,
Ma tête, chaque été, montait de trois coudées ;
Mes rameaux verdoyants allongeaient leur berceau.
Le jour vint, où du sein de mon tendre feuillage
Éclata dans les airs un amoureux ramage,
Et je devins gardien d'un petit nid d'oiseau.

Avant de donner la pàture,
La mère, au plus léger murmure
Prètait l'oreille et frémissait.
Son œil sondait la solitude,
Et quand cessait l'inquiétude,
Dans mon sein elle s'élançait.

Mais d'où vient, tout à coup, cette terreur mortelle,
Qui la rappelle au nid, tremblante, à tire d'aile ?
Pouquoi sous son plumage abriter ses petits ?
Son œil a rencontré la prunelle sanglante
Du vautour, convoitant une chair palpitante,
  Capable d'assouvir ses cruels appétits.

Tandis qu'au dessus de ma tète
Il plane menaçant, j'arrète,
En rapprochant mes rameaux verts,
Le rayon de son regard fauve,
Et, déçu, l'ennemi se sauve
Et disparait au fond des airs.

Un matin, des petits voulant éprouver l'aile,
La mère, en gazouillant, loin du nid les appelle.
Mais debout, anxieux, ils hésitent encor.
Elle, sans s'irriter, se rapproche et se penche,
Et leur parle tout bas. — Alors, de branche en branche
Ils courent voletant, puis prennent leur essor.

Depuis, quand le ciel nous ramène
La saison, où sa chaude haleine

Rend la vie aux monts étonnés,
On entend dans mon vert feuillage
Le frais et charmant caquetage
D'un essaim d'oiseaux nouveaux-nés.

IV.

La prodigue nature,
Par ses baisers féconds,
A ma sombre verdure
Méla les cônes blonds.

Friand de mon strobile,
Dans mon épais massif
Vint chercher un asile
L'écureuil leste et vif.

Paisible sur ma cime,
Sans danger, sans frisson,
Sa dent, puissante lime,
Dépouillait le pignon.

De bonheur transportée,
La mère aux grands rameaux
Confiait sa portée,
Près du nid des oiseaux.

Lorsque sur mon écorce
Les petits empressés
Avaient acquis la force
De se tenir dressés,

Vers ma flèche éclatante,
Les guidant au réveil,
La mère palpitante
Les offrait au soleil.

Mais, pénible surprise !
Il arrivait parfois
Que la place était prise
Par le paon aux abois,

Dont le puissant organe,
Aux échos d'alentour,
Réclamait la sultane,
Objet de son amour.

Et la mère bien vite,
A ce cri de malheur,
Les ramenait au gîte
Tout frémissants de peur.

Mais lorsque l'infidèle
A l'appel répondait,
Et que vers sa femelle
Le jaloux descendait.

Des écureuils en fête
L'essaim joyeux, bruyant,
Étalait sur mon faîte
Son panache ondoyant.

V.

Lorsque, sans ternir mon feuillage,
Un siècle eut passé sur mon front,
De mes rameaux le frais ombrage
Sur le sol formait un grand rond,
Qui, semblable au palais du gnome,
Des rayons du céleste dôme
Par sillons recevait l'éclat.
Ces rayons donnaient sans mesure
Au gazon sa verte parure,
A la fleur son vif incarnat.

Alors, sous mon ombre légère,
Je voyais s'asseoir, bien souvent,
La joyeuse et vive bergère
A côté du pâtre indolent.
Tandis qu'il sommeillait tranquille,
L'espiègle, d'une main agile,
Semait les fleurs dans ses cheveux ;
Puis, par un frais éclat de rire,
Éveillant le pauvre satire,
Elle fuyait loin de ses yeux.

Près du torrent où la naïade,
Qui veilla sur mes premiers ans,
Se baigne sous la verte arcade,
Que font les buissons odorants,
Des flancs de la roche mousseuse
Jaillit une onde généreuse,
Dont la chaleur a la vertu
De se répandre comme un baume,
Pour relever le cœur de l'homme,
Par les souffrances abattu.

Vers cette source merveilleuse,
Qui rend aux faibles la vigueur,
Aux vieillards la flamme amoureuse,
Et des jeunes double l'ardeur,
On voit, aux jours où la nature
Revêt sa brillante parure,
Qu'émaillent les fleurs et les fruits,
On voit venir, venir sans cesse
Des fronts penchés par la tristesse
Et par l'espérance conduits.

Quand le flot fumant et limpide
Avait calmé le mal cuisant,
D'un pas joyeux, ferme et rapide,
Chaque jour, le convalescent,
Sous le berceau de mon feuillage,
Accourait au pâtre sauvage
Disputer le gazon moelleux,
Et de la brise avec ivresse
Savourer la tiède caresse
Et les parfums voluptueux.

Près de l'amant, la douce amante
Sentant son âme s'embraser,
Livrait une lutte charmante,
Qui s'achevait dans un baiser.
Le peintre, armé de sa palette,
Le moraliste, le poëte,
Traçaient, penchés sur le ravin,
Des tableaux, des chants, des maximes,
Œuvres grandes, œuvres sublimes,
Qu'inspirait le soufle divin.

Temps heureux, où dans ma ramure
Passaient les aimables chansons,
Où, sous mon ombre, la verdure
Conviait aux tendres frissons !
Mais, un jour, assombri par l'âge,
Je devins un abri sauvage,
Qu'évitaient les jeux et les ris.
Aux hideux grondements du crime
Je sentis frissonner ma cime,
Et mon sein s'ouvrit aux proscrits !

VI.

Combien de fois d'un pied rapide,
Sous mon ombrage hospitalier,

Est accouru l'isard timide,
Quand sifflait le plomb meurtrier !
Et lorsque le limier de race,
Le nez au vent, suivait la trace
De ses pauvres petits paonneaux,
La pauvre mère consternée,
Cachait sa famille étonnée
Dans l'épaisseur de mes rameaux.

Quand le grand siècle sur le monde
Jetait ses dernières lueurs,
Quand du peuple, océan qui gronde,
L'écho me disait les fureurs,
Quand plus terrible que la lave,
Ce peuple lassé d'être esclave,
Dans les palais jeta l'effroi,
Hurlant : siècle en décrépitude,
Pour effacer ma turpitude,
Désormais, je veux être Roi !

Pour ses hideuses repressailles,
Lorsque d'un sein tout palpitant,
Son bras arrachait les entrailles,
Qu'il titubait, ivre de sang,
Que, pour l'exciter au carnage,
Les femmes lui bavaient leur rage,
Rhythmée en ignoble chanson,
Qu'une fille, en ces saturnales,
Livrait aux yeux ses chairs vénales,
Comme emblème de la raison !

Ceux-là, qu'attendait le martyre
Dans les bras sanglants du bourreau,

Fuyaient, avant que le délire
Les mit sous le fatal niveau.
Traqués par des hordes sauvages,
Ils fuyaient, cherchant des rivages
Où le meurtre n'arrivait pas.
Combien, le pied sur la frontière,
Ensanglantèrent la poussière,
Frappés par ces lâches soldats !

Un jour des bruits rauques, farouches
M'annoncèrent les noirs démons.
Le blasphème sortait des bouches,
Le tonnerre des mousquetons.
Un homme jeune encor, livide,
Montait, montait d'un pas rapide,
Et j'entendais battre son cœur.
Faisant halte sous mon feuillage :
Je n'ai ni souffle ni courage !
Ayez pitié de moi, Seigneur !

Et toujours la meute hurlante
Suivait, fouillant chaque hallier,
Et flairant la trace récente
Sur l'herbe humide du sentier.
Deux pas encore et la victime
De ses bourreaux, âpres au crime,
Allait subir les noirs excès.
Mes rameaux alors s'inclinèrent
Et, palpitant, le transportèrent
Au sein de mon feuillage épais.

Et quand ils perdirent la trace,
Tels que des tigres rugissants,

Les monstres remplirent l'espace
De leurs blasphèmes impuissants.
Puis vint la nuit, une nuit sombre.
La victime, marchant dans l'ombre,
Avant l'aube atteignit le port.
De Dieu je bénis la sagesse,
Qui permettait que ma vieillesse
Sauvât l'innocent de la mort!

VII.

Ma ramure aujourd'hui jaunit et se dépouille.
L'épèche, à tout moment, de son bec perce et fouille
    Et mon écorce et mon aubier,
Pour chercher dans mon sein la larve, qui le creuse.
Et je sens que, bientôt, ma tige cancéreuse
    S'abimera, poudreux fumier !

Allons ! il en est temps, sur la roche voisine
Faites briser mon front, vieille et triste ruine,
    Qui forme tache dans l'azur.
D'utiliser mon cœur vous êtes encor libres !
Car il n'a pas senti pénétrer dans ses fibres
    La vrille de l'insecte impur.

Frappez ! assez longtemps j'ai vécu dans l'espace !
Vieillard, mes bras tendus se brisent sous la glace ;
    Mon corps se dessèche au soleil.
Frappez ! je veux aller charmer votre famille,
Rendre à votre foyer la flamme qui pétille,
    Et protéger votre sommeil.

VIII.

Il dit. — et vers le soir, dans la calme vallée,
Un affreux craquement vint répandre l'effroi...
Sous le tranchant mortel la forêt désolée
Avait, en frémissant, vu tomber son vieux Roi !

28 *Juin* 1868.

Au Brigadier DUFFOURG

Témoignage d'estime et de satisfaction.

UN BRIGADIER MODÈLE.

Son front se dépouille ;
Mais le temps, en vain,
Incruste sa rouille
Sur ce front d'airain.
Sa moustache grise,
Murmure la brise,
Où gronde l'autan,
Sinistre fantôme,
Épouvante l'homme,
Au bois délinquant.

Avant que l'aurore
De ses reflets blonds
Ne caresse et dore
La crête des monts,
Vêtu de sa blouse,
Il dit à l'épouse,
Aux yeux alourdis :
Le devoir m'appelle !
Reste-moi fidèle,
Soigne les petits.

Sac au dos, renfermant sa modeste pitance,
Sa chaîne, son marteau, son encre, son livret,
Le bourdon à la main, il gravit en silence
Le pénible sentier, qui mène à la forêt.

Son escouade le suit, et dans chaque prunelle,
Près d'un chef, le premier toujours dans les combats,
A mesure qu'on monte, on voit une étincelle
Trahir par son éclat la valeur des soldats.

Halte ! sous les rameaux de cet antique hêtre
Reposez-vous, séchez de vos fronts la sueur.
Les étoiles s'en vont, l'aube rose va naître.
C'est l'heure, où doit grincer le fer du maraudeur.

A travers rocailles,
Loin de tous sentiers,
Parmi les broussailles,
Ces ardents limiers,
Qu'on fuit et redoute,
Pour mettre en déroute
Le fin délinquant,
Rampent, c'est merveille !
En dressant l'oreille
Et le nez au vent.

Lui, brave des braves,
Des gardes soumis
Fait, non des esclaves,
Mais de bons amis.
Quand l'acier résonne,

Il les abandonne,
Tigre furieux,
Sans -peur, sans alarme,
Bondit et désarme
L'être audacieux.

Un jour, ils étaient sept contre un, armés de haches !
Pour lutter, lui, n'avait que son bâton de fer.
Sept regards pleins de sang, sept sinistres moustaches,
Sept monstres en haillons, échappés de l'enfer !

Les haches se levaient en sifflant sur sa tête...
Que faire? Nul secours ! point de garde embusqué !
Fuir? Vous ignorez donc qu'il aime la tempête?
Qu'un Brigadier Français n'est pas un fat musqué?

Rendez-vous, ou malheur ! Soudain, le bourdon vole
Et frappe rudement les plus audacieux.
Les haches tombent : lui les prend sur son épaule
Et rapporte au logis son fardeau glorieux.

De la froide neige
Quand le blanc manteau
S'étale et protège
L'arbre et l'arbrisseau,
Quand l'âtre pétille
Et que chacun grille
Ses pieds au foyer,
Bravant l'avalanche,
Qui déjà se penche
Et peut le broyer,

Au froid insensible,
On le voit souvent,
Alerte et paisible,
Sur le sol mouvant,
Osculter la glace,
Et si quelque trace
Pénètre sous bois,
Partir avec rage,
Chasser le sauvage,
Le mettre aux abois.

Sobre autant qu'énergique, il compte, et ne dépasse
Jamais de son budget les confins resserrés ;
A la table d'autrui jamais il ne prit place ;
Il refuse le vin de Messieurs les Curés. (1)

Le dimanche parfois, mais rarement, l'épouse,
Dans ses habits de fête, appendue à son bras,
Les enfants au flanc droit, le soir, sur la pelouse,
Heureux de sa famille, il vient marquer le pas.

Tel est son seul plaisir, ineffable pour l'âme,
Qui du siècle n'a point bu l'air nauséabond.
Le bien-être des siens alimente sa flamme,
Et son thorax d'acier est un brasier fécond.

(1) Un jour, revenant de tournée, il passe devant un presbytère, le curé
le prie d'entrer, et lui offre un verre de vin. — Merci, je n'ai pas soif. —
Mais un verre de bon vin se boit sans soif. — Je ne bois jamais que chez moi.
— Faites une exception, choquons le verre. — A ces mots, sa moustache se
hérisse, il tourne sur ses talons, s'enfuit et rentre dans son domicile, per-
suadé qu'il vient d'échapper à un piége fameux.

Et jamais cette âme,
Fière, sans hauteur,
Des chefs ne réclame
La moindre faveur.
Mais, sans qu'il y pense,
Si la récompense
Vient, il lui sourit.
Et le bonheur brille
Dans une famille
Que son cœur chérit.

Son front se dépouille !
Mais le temps, en vain,
Incruste sa rouille
Sur ce front d'airain.
Sa moutache grise,
Murmure la brise
Où gronde l'autan.
Sinistre fantôme,
Épouvante l'homme
Au bois défriquant.

10 Octobre 1868.

DIEU DANS LES BOIS.

Voici plus de vingt ans, que ma poitrine d'homme
Des solitaires bois vient aspirer l'arôme !
Voici plus de vingt ans, qu'avec un froid dédain,
Je préserve mes pas de tout contact mondain,
Et que, sur les parfums des fleurs et du feuillage,
Que les chastes oiseaux suivent de leur ramage,
Mon âme vers le ciel s'élève chaque jour !
Ce sont vingt ans de joie, et d'extase, et d'amour.

Dans les grandes cités, où règne le délire,
Allez, vous, que l'espoir de la fortune attire !
Si l'or ne vient pas seul, volez ! Le monde aussi
Honore le voleur, quand il a réussi.
Volez ! Et qu'aussitôt votre orgueil se pavane
Dans un splendide hôtel, près d'une courtisane,
Qui paiera, chaque nuit, son généreux chauvin
D'un humide baiser, mélangé de gros vin.

Mes goûts sont moins impurs, mes désirs plus modestes.
A ce honteux éclat, à ces plaisirs funestes,
Je préfère l'ombrage et le calme des bois.
Là je vis, je mourrais dans le palais des rois.

Là, mollement couché sur la bruyère grise,
J'abandonne mon front aux baisers de la brise,
Et, buvant à longs traits ses flots harmonieux,
La chaste volupté souvent ferme mes yeux.
Là, suivant le sentier, qui monte ou qui serpente,
Dans l'arbre aux grands rameaux et dans la frêle plante,
Dans tout se qui végète et s'agitte en ce lieu,
Je cherche le hasard et ne trouve que Dieu !

Qui donc pourrait penser et soutenir encore
Que ce brin, né la nuit, qu'un premier rayon dore,
Si tendre, que le pied de l'insecte, en passant,
Le meurtrit et pourrait le broyer, en pressant,
A seul, sans le secours d'une secrète force,
De ce terrain compact percé la dure écorce ?
Qui donc m'expliquera comment, pour végéter
Et pour grossir, il peut par lui seul écarter
Les pierres et l'argile à sa tige adhérentes,
Et comment sous le sol ses racines errantes,
Sondant les profondeurs comme un tronc vermoulu,
Vont aspirer la sève avec leur chevelu ?
Qui donc pourra me dire et me faire comprendre
Comment ce chevelu, si fragile et si tendre,
Quand le brin, devenu colosse, jusqu'aux cieux
Élève avec orgueil son front audacieux,
Qui me dira comment, aux miettes de terre,
Que son faible réseau dans ses mailles enserre,
Chaque jour il fait rendre assez de sucs nouveaux
Pour nourrir le colosse aux immenses rameaux ?

Dans l'acte peu connu de cette humble naissance,
Mon œil voit mieux qu'ailleurs la suprême puissance,
Et l'amour infini du Dieu, que l'univers,
Depuis six fois mille ans, acclame en ses concerts.

Lorsque l'âpre aquilon mugit dans les vallées,
Si du chêne jauni les branches dépouillées,
Telles que les longs bras d'un cadavre géant,
Portent l'âme attristée à penser au néant,
Plus haut, aux flancs des monts, dont le sommet effleure
Le ciel, le froid baiser de la bise qui pleure,
En mordant du sapin le fragile rameau,
Cherche en vain à flétrir son verdoyant manteau.
Dieu mit cette verdure entre l'homme et lui même,
Pour qu'en la contemplant, l'homme y sut voir l'emblême,
A côté de la mort, qui règne en ces bas lieux,
De l'immortalité, que l'âme trouve aux cieux.

20 Octobre 1868.

FIN.

www.ingramcontent.com/pod-product-compliance
Ingram Content Group UK Ltd.
Pitfield, Milton Keynes, MK11 3LW, UK
UKHW021437090726
13657UKWH00003B/1123